兒童文學叢書
・文學家系列・

哈雷彗星來了

馬克・吐溫傳奇

王明心／著　于紹文／繪

三民書局

國家圖書館出版品預行編目資料

哈雷彗星來了:馬克‧吐溫傳奇 / 王明心著; 于紹文
繪.－－初版二刷.－－臺北市；三民，民91
面；　　公分－－(兒童文學叢書.文學家系列)

ISBN 957-14-2842-6　(精裝)

859.6　　　　　　　　　　　　　87005638

網路書店位址　http://www.sanmin.com.tw

©　哈雷彗星來了
　　──馬克‧吐溫傳奇

著作人　王明心
繪圖者　于紹文
發行人　劉振強
著作財
產權人　三民書局股份有限公司
　　　　臺北市復興北路三八六號
發行所　三民書局股份有限公司
　　　　地址／臺北市復興北路三八六號
　　　　電話／二五〇〇六六〇〇
　　　　郵撥／〇〇〇九九九八──五號
印刷所　三民書局股份有限公司
門市部　復北店／臺北市復興北路三八六號
　　　　重南店／臺北市重慶南路一段六十一號
初版一刷　中華民國八十八年二月
初版二刷　中華民國九十一年一月
編　　號　S 85394
定　　價　新臺幣參佰伍拾元整
行政院新聞局登記證局版臺業字第〇二〇〇號

ISBN　957-14-2842-6　(精裝)

閱讀之旅
（主編的話）

很早就聽說過藝術大師米開蘭基羅、梵谷、莫內、林布蘭、塞尚等人的名字；也欣賞過文學名家狄更斯、馬克‧吐溫、安徒生、珍‧奧斯汀與莎士比亞的作品。

可是有關他們的童年故事、成長過程、鮮為人知的家居生活，以及如何走上藝術、文學之路的許許多多有趣故事，卻是在主編了這一系列的童書之後，才有了完整的印象，尤其在每一位作者的用心創造與撰寫中，讀之趣味盈然，好像也分享了藝術豐富的創作生命。

為孩子們編書、寫書，一直是我們這一群旅居海外的作者共同的心願，這個心願，終於因為三民書局的劉振強董事長，有意出版一系列以華文創作為主的童書而宿願得償。這也是我們對國內兒童的一點小小奉獻。

西洋文學家與藝術家的故事，以往大多為翻譯作品，而且在文字與內容上，忽略了以孩子為主的趣味性，因此難免艱深枯燥；所以我們決定以生動、活潑的童心童趣，用兒童文學的創作方式，以孩子為本位，輕輕鬆鬆的走入畫家與文豪的真實內在，讓小朋友們在閱讀之旅中，充分享受到藝術與文學的廣闊世界，也拓展了孩子們海闊天空的內在領域，進而能培養出自我的欣賞品味與創作能力。

這一套書的作者們，都是旅居海外、懷念鄉土的華人，和我一樣對兒童文學情有獨鍾，對文學、藝術更是始終懷有熱誠，我們從計畫、設計、撰寫、到出版，歷時兩年多才完成，在這之中，國內國外電傳、聯絡，就有厚厚一大冊，我們的心願卻只有一個──為孩子們寫下有趣味、又有文學性的好書。

當世界越來越多元化、商品化的今天，許多屬於精神層面的內涵，逐漸在消失、退隱。然而，我始終牢記心理學上，人性內在的需求──求安全、溫飽之後更高層面的精神生活。我們是否因為孩子小，就只給與溫飽與安全，而忽略了精神陶冶？文學與美學的豐盈世

界，是否因為速食文化的盛行而消減？這是值得做為父母的我們省思的問題，也是決定寫這一系列童書的用心。

我想這也是三民書局不惜成本、不以金錢計較而決心出版此一系列童書的本意。在我們握筆創作的過程中，最常牽動我們心思的動力，就是希望孩子們有一個愉快的閱讀之旅，充滿童心童趣的童年，讓他們除了溫飽安全之外，從小就有豐富的精神食糧，與閱讀的經驗。

最令人傲以示人的是，這一套書的作者，全是一時之選，不僅在寫作上經驗豐富，在文學上也學有專精，所以下筆創作，能深入淺出，饒然有趣，真正是老少皆喜，愛不釋手。譬如喻麗清，在散文與詩作上，素有才女之稱，在文壇上更擁有廣大的讀者群；韓秀與吳玲瑤，讀者更不陌生，韓秀博學用功，吳玲瑤幽默筆健，作品廣受歡迎；姚嘉為與王明心，都是外文系出身，對世界文學自然如數家珍，筆下生花；石麗東是新聞系高材生，收集資料豐富而翔實；李民安擅寫少年文學，雖然柯南‧道爾非世界文豪，但福爾摩斯的偵探故事，怎能錯過？由她寫來更加懸疑如謎，趣味生動。從收集資料到撰寫成書，每一位作者的投入，都是心血的結晶，我衷心感謝。由這一群對文學又懂又愛的人來執筆寫文學大師的故事，不僅小朋友，我這個「老」朋友也讀之百遍從不厭倦。我真正感謝她們不惜時間、心血，投入為孩子寫作的行列，所以當她們對我「撒嬌」：「哇！比博士論文花的時間還多」時，我絕對相信，也更加由衷感謝，不僅為孩子，也為像我一樣喜歡文學的大孩子們，可以欣賞到如此圖文並茂，又生動有趣的童書欣喜。當然，如果沒有三民書局的支持、用心仔細的編輯，這一套書是無法以如此完美的面貌出現的。

讓我們一起──老老小小共同享受閱讀之樂、文學藝術之美，也與孩子們一起留下美好的閱讀記憶。

作者的話

寫這本書時，心裡暗自為馬克・吐溫慶幸——還好他不是生在今日！他若是活在現今的社會裡，恐怕老早就被認定是個一無是處、無可救藥，注定沒出息的孩子了。他不愛上學，對學校的課程毫無興趣，能逃就逃。他定不下來，不要說好好坐在教室內，即使平日要他安靜一下子，也是困難。他鬼點子多，腦子一天到晚轉著搗蛋、惡作劇的把戲，令大人頭痛。他衝動魯莽，不考慮後果，什麼事都是先做了再說。他見異思遷，朝三暮四，毫無恆心。他滿腦子奇想，卻不切實際，老做虧本的事。他沒有志向，東試西試，一點生涯規劃也沒有。

他的缺點，若換成另一個角度來看，卻可以成為優點。他不愛刻板的上課方式，不願受制於以背誦為主的學習模式，結果日後發展了自由自在、廣博開放的讀書興趣。他精力充沛，冒險犯難，因此造就傳奇的一生。他想到就做，把夢想化為行動，比單會紙上談兵的人強多了。他興趣廣泛，多元發展，因著這樣豐富的人生閱歷，使他擁有獨特的寫作素材，成為一位與眾不同的文學家。

最重要的是，他找到了一片可任他散放光芒的天空！

如果他沒有發現自己在文學方面的興趣，發展自己在寫作上的潛力，我想他可能只是個四處流浪、

不時換工作、四處不得志的人吧。正因為他找到了一片屬於他的天空，能將所有的長處和特點發揮得淋漓盡致，達到他潛能的極致，因此成為西洋文學史上一顆明亮的星。

就像馬克‧吐溫一般，每個孩子固然都有一些缺點和不足，但也都有屬於他個人的優點和長處。尋到那一片天空，讓潛在的能力發散出來，星光燦爛。

每個孩子都是一顆獨特的星。

哈雷彗星來了

馬克·吐溫

Mark Twain 1835～1910

1. 哈雷彗星來了

　　山姆已成了國內外知名的幽默作家，出了四十多本書，賺了大錢，常受邀至世界各國演說。甚至當年常逃學的他，現在已接受了好幾個大學的榮譽博士學位，成了社會上有地位、有聲望的大人物。不過無論山姆今天如何成功，在我的心目中，他永遠是

那個調皮搗蛋、滿腦子奇想、不時惡作劇捉弄人的夥伴，那個和我一起度過快樂童年的好友。

　　對不起，請容我繼續叫他山姆。我從不曾叫他馬克‧吐溫。當我第一次聽到他以馬克‧吐溫作為寫幽默小品的筆名時，不禁發出會心的微笑。馬克‧吐溫聽起來像是人名，其實是行船人術語，意思是「兩噚深」。這是汽船航河的基本安全水位，也就是河水要至少深達兩噚，汽船才能安全行駛。河，是我倆生命中不可抹滅的回憶。曾有多少個清晨，經過一晚的夜遊之後，山姆和我站在密西西比河畔，掬起那清涼略帶泥土味的河水，好好地洗一把臉；多少個晌午，我們擠在熱鬧忙碌的碼頭裡，好奇地研究來往乘客的長相口音，想像他們的來歷去路；又有多少個黃昏，我們坐在河堤上，望著在夕陽餘暉中閃爍跳躍的河水，期盼能見到汽船行過，好再發一次將來要開汽船的宏願。那遼闊似海洋的密西西比河，以及那段河畔小鎮的日子，都是我們生命中最重要的部分。我知道，山姆並沒有忘記那曾有的夢想和歲月。

山姆最喜歡吹擂他是哈雷彗星帶來的孩子。他出生時，他們家還沒搬來漢尼伯鎮，所以無法查證他是不是吹牛。不過他講的可能也有些道理，因為我曾好幾次聽過他媽媽跟我媽媽提起山姆出生的情形。那時他們還住在佛羅里達鎮，山姆出生那段日子，正逢哈雷彗星每七十五年飛掠地球夜空。

一八三五年十一月三十日黃昏，當人們吃過晚餐，正聚集在門外，翹首熱切等候哈雷彗星的來臨時，門內的克雷蒙太太也正與陣痛掙扎著，期盼嬰兒快快到來。就在門外響起熱烈的歡呼聲，大家爭相指點終於出現的哈雷彗星時，門內也響起了嬰兒初生的啼哭聲。克雷蒙太太如釋重負地躺在床上，歡欣地抱著初生的小嬰孩，一起從臨床的窗口，望著天上熠熠發亮的哈雷彗星。這樣的情景，難怪令她印象深刻、不時想起。不過山姆雖然自詡是哈雷彗星之子，我們這些死黨可不買帳，常常戲謔地叫他「掃把星之子」，因為跟他在一起，常常會發生倒霉的事。他有多掃把，繼續看你就知道。

哈雷彗星來了

姆來真一向相……油山的後出生月個兩產早為因，
肝魚和物藥靠得時不，病多弱體，月個兩產早為因
瑪格麗特一向相……。克雷蒙太太常懷疑是否……身體……
姆山的弱小和班哥哥小的病染繼……能把山姆養大。結果反而是身體……
亂蹦活，沛充力精天整，後大稍而且……姆山活下來了。
太太蒙雷克。人弄捉招怪出時不，跳……活蹦亂跳，不時出怪招捉弄人。克雷蒙太太
整。翻後仰前得笑逗姆山被又鐘分一……勃然大怒，下
不。寧安得不活生，笑玩開歡喜……一分鐘又被山姆逗笑得前仰後翻。整
究探一要都事凡，重心奇好，哈……天如此又氣又笑，生活不得安寧。不
。竟……哈哈，好奇心重，凡事都要一探究竟。過老實說，他們母子倆個性真像，都嘻嘻哈

是原他。了樣一不就生先蒙雷克……克雷蒙先生就不一樣了。他原是
師律請錢有人少很為因。笑言苟……律師兼地方法官，為人一板一眼、不
，計家持維以足不入收的生先蒙雷克……苟言笑。因為很少人有錢請律師，而
。店貨雜營兼，後鎮伯尼漢來搬以所……地方法官職位雖崇高，薪水卻微薄，
他著板……即使從商，他依然本性不改，從沒學
絕，麼什遞他麼什要客顧，臉……會笑臉迎人。顧客上門，照舊板著他
。言多不……瘦長的臉，顧客要什麼他遞什麼，絕
不多言。

曾他。想夢麗綺滿充卻心內，人的肅……你大概想不到，這樣一個沉默嚴
肅的人，內心卻充滿綺麗夢想。他曾

在山區買了一片野地，全心相信那是一塊礦產豐富的土地，將來必定身價百倍。可惜野地還是野地，投資其上的資金，終未曾收回。不只如此，他最大的興趣就是發明新東西。常見他拿著幾塊木片、幾根水管、一些鐵線，潛心研究設計，做出一個又一個新用品和新機械，放在自己的店裡擺售，期望能大發利市。

因為這些新發明大多不實用，而且在我們這種貧窮的鄉下地方，平日勉可糊口，遇到收成不好時，度日都有問題，誰也沒有餘錢買新玩意兒試試。於是克雷蒙先生的新發明仍擺在架上，所投注的金錢心力，也就付諸流水。山姆雖然表面看起來和他爸爸截然不同，但那種天馬行空的思路，滿腦子不切實際的幻想，倒是完全承自其父。

他們家最特殊的成員是那十九隻貓。你能想像屋子裡裡外外全是貓的景象嗎？我想，愛貓的人鎮日與貓為伍，久了也會有點像貓。山姆前後曾經溺水九次，大命不死，不是和貓一樣有九條命嗎？

山姆四歲那年，他們舉家連人帶貓，浩浩蕩蕩自佛羅里達鎮遷來漢尼伯鎮，就住在我家前面的房子，從此展開我和這位「九命怪貓」的奇緣。

2. 街頭小頑童

我們家就緊靠在他們家後面。說到我家，還真有點不好意思，因為那實在不像個家。嗜酒的爸媽大部分時間都在鎮上的酒店買醉，根本沒有錢可供得起房子，所以我們住在一個破舊的廢棄穀倉裡。我的床是一個大酒桶，一些破布就是我的棉被。雖然如此，山姆卻很羨慕我，因為我早上起來不必整理床鋪、清掃庭院；爸媽大多不在家，沒人囉嗦；沒錢買鞋，正免受穿鞋的束縛。他們一搬來，我馬上發現這個小男孩常從他房間窗口，好奇地看著我睡在床鋪裡，也就是那個大酒桶。

很快我們就成為好朋友，而且有了我們的祕密聯絡暗號。每到夜裡，我只須抬頭學貓的淒厲叫聲，他便立刻爬出窗口，自排水管滑下，一騰身跳進桶子。因為這樣的地利，我對他

哈雷彗星來了

們家的情況特別清楚。

　　哪有兄弟不鬩牆，這句話也應驗在山姆和他弟弟亨利身上。他們真是南轅北轍。亨利乖巧清秀；山姆調皮搗蛋，每天玩得髒兮兮。亨利喜歡上學；山姆能逃則逃。亨利常幫媽媽做事；山姆總躲得遠遠的。亨利最樂於幫媽媽做的事，就是抓山姆做錯事露出的馬腳。

有一天上學前，媽媽將山姆兩邊領口縫攏，以防他脫了上衣，逃學去游泳。下課後，媽媽看見領口仍是縫合，非常滿意兒子今天的表現。山姆正慶幸詭計得逞，轉身要走，亨利出聲了：「媽媽，妳今天早上不是用白線縫哥哥的領口嗎？怎麼現在是黑線？」山姆氣得咬牙切齒，只得等亨利上樓時，偷偷拿泥團從背後丟他。就那麼不巧，媽媽剛好進來，山姆一邊逃一邊回頭辯解：「我只是逗他玩而已。」

到了下午回來，山姆早已把上午的事忘得一乾二淨。正要上樓，忽然一塊石頭落下，砸在他腦門上。痛雖痛，山姆可一點也不生氣，因為媽媽

的乖寶寶終於也，這
出手打人了，
還差不多。

　　又有一回，山姆吃完一片西瓜，望著手上啃得乾乾淨淨的西瓜皮，心想，就這麼丟掉未免可惜，如果能蓋在某人的頭上，豈不是很好？這個某人，當然是亨利。山姆耐心地在樓上窗口等待，亨利走到距他正下方六步時，投下炸彈，西瓜皮不偏不倚正落在亨利的頭上。

　　「俯望著西瓜皮和亨利的頭逐漸結為一體，」山姆事後回想，「真是一幅美麗的景象。」

如此頑皮捉狹、精力旺盛的男孩子，自然不再病弱。不知是克雷蒙太太愛子心切，還是強迫山姆吃藥成了習慣，一時之間改不過來，她仍常常追著山姆吃補藥。為了逃避吃藥，媽媽喊著吃藥時，山姆便騙說吃過了。騙不過時，只得拿過湯匙，再趁媽媽不注意時，灌溉家裡的植物，或倒進木板的夾縫。「藥效很好，」他觀察道：「房子從未裂開。」有一次吃藥時，剛好貓咪湯姆經過，山姆眼珠子一轉，靈光一現，把湯匙遞向湯姆，湯姆一舔完湯匙，藥力立刻發作。這隻可憐的貓咪高高地弓起背，整個身體像一粒球似的，到處跳上跳下，嘴裡一直歇斯底里地尖叫。最後自窗口跳出，翻倒了所有窗臺上的花盆。山姆的結論是：「一吃，馬上活力充沛，媽媽的補藥果然很補。」

那種補藥可能真的不錯，因為山姆十歲時，鎮上流行痲疹，很多人感染病倒，死訊頻傳，他卻安然無恙。媽媽唯恐山姆受染，不准他外出。整天待在家裡，日復一日，山姆簡直快發瘋了。他在日記上寫著：「日子就是

起床、洗臉、上床、起床、洗臉、上床。」他覺得再這樣下去，即使沒得麻疹，也會窒息而死，便開始他的解脫計畫。

首先停服媽媽的海狸油藥丸。然後夜晚時，伺機偷跑出去，潛進好友比爾的被窩，和他同睡。那時比爾正感患麻疹，整天昏昏沉沉的，四肢無力。山姆果然很快就得病，全身長滿紅斑，高燒不退。病情這麼嚴重，親友鄰居都前來訣別。這兩個傢伙命不該絕，都逐漸康復，而且日後都實現了我們年少時的夢想 —— 開汽船。

馬克‧吐溫

鎮上的男孩子總是分黨結派，各有地盤。無論山姆參加哪一派，總是成為該派的領袖或中心人物。他是圓桌武士幫的第一武士、西班牙本土派的復仇使者、侍從黨的義賊羅賓漢，也是海盜幫的黑鬍子船長。無論幫派多少，我知道他最喜歡和我在一起。我這一派沒有名目典故，成員就是約翰、威爾、山姆，和我。不是我在吹牛，不管山姆在別派多威風，跟我在一起，就得聽我的，因為我比他大四歲，知道得比他多。是我告訴他哪個坑可抓到最大的鯰魚，哪裡可找到烏龜蛋；教他說髒話，抽玉米穗軸做煙斗；帶他去墓園夜遊，山上挖寶。

說來丟臉，雖然我年紀較大，自覺見識較廣，有一次還是被他耍了。

有一天，他逃學被媽媽逮到，被罰用白粉刷牆。我們其他三個人正拿著釣魚竿，戴起草帽，高高興興地打算約他一起去釣魚。到了他家牆邊，只見他吹著口哨，一臉愉悅地東刷西刷，似乎很好玩，而且那付手拿著刷子，東撇一下西甩一下的架勢，簡直

像個不可一世的偉大藝術家，看得我們都手癢。

我們要求也刷刷，他很捨不得地說：「我好不容易才有刷牆的機會，平日媽媽可不輕易讓我碰這刷子。」經過我們再三懇求，他才勉為其難地答應讓我們刷一下。「只有一下哦！」他還不放心地叮嚀，「只刷一下，就要還我了。」可是只刷一下，實在不過癮。我們要求再試一下，他卻不肯了。我們只得奉上各人收藏的寶貝，希望他回心轉意。

看在寶物的份上，山姆不但交出了刷子，還慷慨地表示，今天他犧牲到底，整面牆都可以讓給我們刷。於是他心滿意足地坐在籬邊的樓梯上，玩著威爾的門栓和蘋果核、約翰的青蛙，和我的一盒毛毛蟲。我們則過足了刷牆的癮，把他家的整面圍牆都刷白了。

後來回到家，我越想越不對，以白粉刷牆，這在每家都是一項勞務工作，而且這回是他媽媽給他的處罰。我們都中了這位天才演員的計，不但幫他做工，還失去心愛的寶物。

雖然事隔多年，如今想起來，我仍不明白，那時怎麼會這麼笨。

漢尼伯鎮雖只是個人民生活艱苦的小市鎮，但南有情人谷、北有哈利德山、東有密西西比河，提供了我們這些窮小孩天然的遊樂場所，和無窮的冒險探索空間。

情人谷有一洞穴，穴內通道錯綜複雜，曲折彎繞，有如迷宮。曾有一個城市人，因醉酒誤入洞穴，在裡面迷失了好幾天才走出來。在這期間，他都以洞內的蝙蝠充饑度過。所以每次我們進洞裡探險，一定先在洞口的樹枝上綁緊風箏線，一路拉線前進，再沿線走回，以免迷路。

哈利德山是鎮內各個幫派的活動地，也是據傳當年木鑼幫強盜的躲藏地。我們因此總是對哈利德山滿懷希望，沒事就上山掘寶，期望能挖到強盜埋藏的寶藏。雖然挖得精疲力盡，一枚金幣也從沒出現過，我們仍樂此不疲，得空就挖

說到這山，一定要提我們當年的一項轟轟烈烈事蹟。

哈利德山上有一塊巨石，經過我們長久的勘察研究，斷定這塊石頭遲早會滾下來，而且這石頭停在原地也太久了，應該幫它換個位置。山姆表示，若要將巨石移上山的最頂點，必須推動數碼，但若要往下移，只須推個幾吋，巨石就會自己滾到山底。

於是山姆坐在山坡上，察看有無行人經過，我們三個人則開始將石下的泥土挖出。挖得差不多了，正要合力一推，山姆突然大叫：「停！有人！」來不及了，巨石已經自個兒巍巍顫顫抖動起來，接著以迅雷不及掩耳的速度，飛快地往下滾。半路上那位推著運貨車的黑奴，嘴巴大張，嚇得一動也不能動，只能抬頭驚駭地眼看著巨石向自己砸來。正當石頭就快滾到黑奴之處，忽然騰空飛起，越過黑奴和貨車，落地，繼續往下滾。一路壓倒小樹，輾平灌木叢，撞翻一堆木頭，木頭四濺高飛。所過之處無不粉碎破裂，轟隆作響。最後像保齡球一般，把山底一間製圓桶的小店撞得全倒，才終於停止。

我們沒時間慶祝，因為小店的主人已血筋暴張地跑上來追查了。大家四散分開，趕快往山的另一頭逃走。

當晚，雷電交加，風馳雨傾。我在木桶裡睡得正香甜，忽然山姆一頭鑽進來，一身冷汗地說：「上週作禮拜時，牧師才講過，做壞事的人會遭雷劈死！」說著，把我的「棉被」掀起來蓋住頭，不住地哀求：「上帝啊，我知道我做錯了，請你原諒，我再也不敢了！」從未見他這麼虔誠過。有好一陣子，我們都不再上山了。

密西西比河好玩的更多。游泳、捉蝦、釣魚、划船、玩海盜遊戲、在岸邊挖寶、露營。即使是冰天雪地的冬日，也可以在結冰的河面上溜冰。除了這些，這河最迷人之處是那來往的汽船。只要管碼頭的老人一喊：「汽——船——來——了——」山姆和我便爭先恐後地鑽擠過人群，懷著朝聖般的崇敬心情，聽著汽笛聲響徹藍空，望著蒸汽騰騰上升的汽船駛近。

汽船一次只會停留十分鐘。一靠岸，船員和奴工立刻迅速地卸下紐奧良的糖桶、匹茲堡的工具，和東岸的絲網，並搬上本地的煙草和豬油。船

上ㄕㄤˋ的ㄉㄜ˙乘ㄔㄥˊ客ㄎㄜˋ形ㄒㄧㄥˊ形ㄒㄧㄥˊ色ㄙㄜˋ色ㄙㄜˋ，商ㄕㄤ賈ㄍㄨˇ、貴ㄍㄨㄟˋ婦ㄈㄨˋ人ㄖㄣˊ、度ㄉㄨˋ假ㄐㄧㄚˋ遊ㄧㄡˊ客ㄎㄜˋ、西ㄒㄧ部ㄅㄨˋ拓ㄊㄨㄛˋ荒ㄏㄨㄤ者ㄓㄜˇ、銀ㄧㄣˊ行ㄏㄤˊ家ㄐㄧㄚ，甚ㄕㄣˋ至ㄓˋ惡ㄜˋ棍ㄍㄨㄣˋ、賭ㄉㄨˇ徒ㄊㄨˊ都ㄉㄡ有ㄧㄡˇ。最ㄗㄨㄟˋ引ㄧㄣˇ人ㄖㄣˊ注ㄓㄨˋ目ㄇㄨˋ的ㄉㄜ˙莫ㄇㄛˋ過ㄍㄨㄛˋ於ㄩˊ那ㄋㄚˋ位ㄨㄟˋ神ㄕㄣˊ氣ㄑㄧˋ活ㄏㄨㄛˊ現ㄒㄧㄢˋ的ㄉㄜ˙駕ㄐㄧㄚˋ駛ㄕˇ員ㄩㄢˊ，身ㄕㄣ上ㄕㄤˋ穿ㄔㄨㄢ著ㄓㄜ˙光ㄍㄨㄤ鮮ㄒㄧㄢ的ㄉㄜ˙服ㄈㄨˊ飾ㄕˋ，態ㄊㄞˋ度ㄉㄨˋ像ㄒㄧㄤˋ歐ㄡ洲ㄓㄡ王ㄨㄤˊ室ㄕˋ一ㄧˋ樣ㄧㄤˋ的ㄉㄜ˙高ㄍㄠ傲ㄠˋ。尤ㄧㄡˊ其ㄑㄧˊ令ㄌㄧㄥˋ人ㄖㄣˊ羨ㄒㄧㄢˋ慕ㄇㄨˋ的ㄉㄜ˙是ㄕˋ他ㄊㄚ手ㄕㄡˇ操ㄘㄠ方ㄈㄤ向ㄒㄧㄤˋ大ㄉㄚˋ權ㄑㄩㄢˊ，駕ㄐㄧㄚˋ著ㄓㄜ˙汽ㄑㄧˋ船ㄔㄨㄢˊ，在ㄗㄞˋ遼ㄌㄧㄠˊ闊ㄎㄨㄛˋ的ㄉㄜ˙密ㄇㄧˋ西ㄒㄧ西ㄒㄧ比ㄅㄧˇ河ㄏㄜˊ上ㄕㄤˋ南ㄋㄢˊ來ㄌㄞˊ北ㄅㄟˇ往ㄨㄤˇ。汽ㄑㄧˋ船ㄔㄨㄢˊ滿ㄇㄢˇ載ㄗㄞˋ著ㄓㄜ˙我ㄨㄛˇ們ㄇㄣ˙對ㄉㄨㄟˋ未ㄨㄟˋ來ㄌㄞˊ的ㄉㄜ˙憧ㄔㄨㄥ憬ㄐㄧㄥˇ和ㄏㄢˋ夢ㄇㄥˋ想ㄒㄧㄤˇ，駛ㄕˇ向ㄒㄧㄤˋ一ㄧˊ個ㄍㄜˋ遠ㄩㄢˇ離ㄌㄧˊ小ㄒㄧㄠˇ鎮ㄓㄣˋ、完ㄨㄢˊ全ㄑㄩㄢˊ未ㄨㄟˋ知ㄓ的ㄉㄜ˙世ㄕˋ界ㄐㄧㄝˋ。

這樣的日子，如果可以不必上學的話，就更加美好了。

山姆最痛恨的事就是上學。這要從他上學的第一天說起。上課時，山姆老是發表意見，或對老師所講的事情，熱心地在旁補充說明。氣炸了的霍爾老師嚴峻地警告山姆，上課時要保持安靜，若是再犯，就要處罰。山姆不久又犯，霍爾老師要他馬上離開教室，自己出去找一根棍子。山姆很高興可以出去透透氣，在樹林裡繞了一大圈，帶回一隻發腐欲斷的樹枝。霍爾老師惡狠狠地瞪了他一眼，叫傑姆去另外找一根。傑姆果然是此中高手，很快就找到一截又粗又硬的枝幹。山姆結結實實地挨了一頓打。

學校主要教授拼字、閱讀、《聖經》，和算術。那時的老師都堅信，背誦是最有效的學習方法。所以無論哪科，都要求學生背、背、背。對整天動個不停、鬼主意不斷的山姆，必須靜下來背書，真是天大的折磨，每天想盡辦法逃學。逃不成時，在教室裡如坐針氈，度秒如年。就在他覺得自己快枯槁而死時，暑假終於到了。

每年夏天，山姆必定去姨媽家的農場度假。有一年我也跟著去，大開眼界。單單那餐桌上的食物就嘆為觀止：炸雞、烤豬、野火雞、鳥肉、兔肉、玉米、奶油豆、馬鈴薯、地瓜、牛奶、西瓜、哈蜜瓜、水果派、蘋果餃、桃子餅、玉米培根湯……。

吃飽喝足，正好可到屋外消耗體力。農場占地廣闊，除了姨媽家的住屋外，還有燻肉房、養雞場、馬廄、好幾個儲放玉米和煙草葉的倉庫、黑奴宿舍、果園，和煙草田。每天和山姆的八個表兄弟姊妹到處遊蕩，永遠有做不完的新鮮事。

我們最愛去黑奴宿舍，纏著老山姆叔叔講故事。老山姆叔叔有滿肚子說不完的故事，加上他逼真的表情語

調，繪聲繪影的生動描述，總讓我們
如臨其境，誤以為真。其中尤以「金
手臂」故事最令我們百聽不厭：

「有一個兇惡的老人，他的太太
有一隻金手臂，夜間會閃閃發光，總
令這個貪婪的老人睡不著覺，內心不
停盤算這隻金手臂會值多少錢。好不
容易等到太太死了，老人迫不及待地
挖墳，取下金手臂，帶回家抱著作發
財夢。睡到半夜，忽然聽到幽微的腳
步聲逐漸逼近，然後傳來一聲聲沙啞
快斷氣的哀泣聲，『我 —— 的 —— 金
—— 手 —— 臂 —— 在 —— 哪 —— 裡？
在 —— 哪 —— 裡?』」

老山姆講到這裡，停下來。此時室內空氣凝聚，大家緊張得大氣不敢喘一下。他環顧四周，默不吭聲，突然猛力地抓住一個看起來最害怕的小孩：「就是你！就是你！」滿室尖叫，大家嚇得抱成一團。

馬克‧吐溫

31

過了這樣的日子，難怪山姆暑假回來，一想到又要上學就痛不欲生。只是山姆再怎麼也沒料到，過不了多久，即使他想上學也沒得上了。

3.少年印刷工

　　雖然克雷蒙先生不辭辛勞地到處兼差，想盡辦法增加收入，他們家的經濟卻從未充裕過。山姆十一歲時，爸爸因為受風寒感冒，演變成急性肺炎，才兩週就撒手人寰。一家生計頓成問題，每個人都要分擔家計。哥哥在聖路易士城當排版工人，每個月可寄部分工資回家。姊姊教授鋼琴和吉他。媽媽把家裡整理一番，空出房間出租。山姆利用課餘時間打工，為報社送報，為商店打雜跑腿。

　　過了一段時間，生活仍是難以維持，媽媽只好讓山姆休學，到亞孟特先生的報社當印刷學徒，由亞孟特先生供膳宿和一年兩套衣褲。亞孟特先生每餐所供應的伙食少得可憐，山姆和其他學徒常餓得必須到地下室，偷拿訂戶抵付報費的馬鈴薯吃。夜間睡在印刷房冰冷的地板上。兩套衣褲則

哈雷彗星來了

是亞孟特先生穿舊了的淘汰品，穿在瘦小的山姆身上，「衣服大得像馬戲團的帳幕，褲子長得可以拉到耳朵。」山姆如此形容。

學徒的工作非常繁重。一大早起來，先生火讓報社辦公室溫暖；到外面打水進來；拾撿掉了一地的斷裂鉛字；掃地；將所需的版面分門別類；清洗油墨滾筒；濡溼印刷用紙，使之易於上墨；轉動印刷機的把手，使紙可一進一出。工作雖然辛苦，還好每天下午三點就收工，他還是可以和我們一起躲在大街轉角處，伺機向行人惡作劇，在山林中奔馳呼嘯，在密西西比河裡打號稱本世紀最瘋狂的水仗。只是山姆自己心裡明白，他再也回不去以前那種無憂無慮的日子了。

其實這工作對他一生幫助很大，它使山姆獲得一技之長。此後多年，無論山姆走到哪裡，都是靠印刷技術養活自己。因為負責排版印刷，山姆

必須閱讀報上每一篇文章報導。亞孟特先生常常要山姆幫忙自紐奧良、曼菲斯，和紐約等大城市的報紙，剪輯可轉錄的文章和新聞。一天看數報，山姆一年閱讀的份量，遠超過以前在學校數年所讀的。難怪山姆說：「印刷房就是我的學校。」

　　不過山姆會對閱讀產生真正的興趣，是因為一次偶然的機緣。

有一天自報社休假返家途中，天寒風烈，又饑又冷的山姆緊緊拉著夾克，彎著身子抵風前進。忽然一張紙飄來腳邊，隨手撿起來，是從某書掉落的一頁。這頁上的故事是「聖女貞德」。山姆讀了後，對這位奇女子的英勇和壯烈犧牲，興起無限的同情和想像，不禁將那頁讀了又讀。原來一個故事可這麼引人入勝，回味無窮！

在這之後，他四處搜借可借到的書看。那付渴求知識的樣子，一點也不像我們所認識的山姆。他甚至約我們一起去向鎮上德國鞋匠學德文，將來好讀德文小說！簡直是瘋了，我們自然是敬謝不敏。

當了一年學徒，山姆便晉升為正式的印刷師傅。此時，哥哥歐尼恩自聖路易士回來，借錢買下一報社。山姆辭去工作，為哥哥的報社負責印刷事務，亨利課餘也幫忙排版。另有一個小男孩詹姆斯自鄉下來當學徒，和山姆同住一間臥房。

是這位小男孩，使山姆第一次體驗了說故事的趣味。話說有一夜，姊姊潘蜜拉舉行糖果舞會，嫌他們年紀太小，不准參加，叫他們上樓睡覺。

躺在床上，聽著樓下的歡笑聲和音樂聲，原本就不易入睡，再加上屋頂上有好幾隻野貓正打群架，久久不停的尖嘯齜嚙聲，更令人怒火上升。詹姆斯氣得坐起身，咬牙切齒：「真想出去把那些貓抓起來，讓他們互相撞頭！」山姆精神全來了，馬上也坐起來，故意用話激他：「去啊！你怎麼不去？不敢對不對？」詹姆斯一聽，不管外面正是冰天雪地，穿著睡衣就爬出窗戶。山姆趕忙到窗口，只見詹姆斯在結冰的屋簷上，爬一步滑三步。山姆努力

忍住笑，拼命為詹姆斯加油。終於快到群貓處了，詹姆斯屏住氣，蓄勢待發。等最佳時機一到，雙手猛力向前一抓，群貓尖叫四散，詹姆斯失去了平衡，像坐溜滑梯一樣，一路滑下了屋簷，直落一樓，「撲碰」一聲，一屁股坐進糖果舞會最重要的道具——那個裝滿了蜜糖的桶子裡。

　　隔日，山姆告訴我們這個趣聞，大夥兒笑得肚子痛。這是山姆第一次講滑稽故事，也是他第一次發現自己有講故事的天賦。

馬克・吐溫

37

和爸爸一樣，哥哥歐尼恩也是個夢想家。做起生意來，滿腦子不切實際的構想。因為屢次做出錯誤決定，訂戶不斷流失，報社一直賠錢。山姆不但領不到工資，而且歐尼恩也沒有多餘的衣服可讓他穿，情況比做學徒時還慘。再加上亨利老是排版排得亂七八糟，山姆必須花很多時間為亨利收拾殘局，不再有空和我們一起遊山玩水。這使山姆非常鬱悶，覺得生活裡只有苦工，沒有快樂。

　　報社已經岌岌可危，災難又接踵而至。先是一頭牛半夜闖入印刷房，推倒印刷版，踐踏油墨和用紙，咬壞印刷機上的兩根轉軸。不久，報社又因不明原因失火，燒掉了部分器材。為節省開銷，歐尼恩將報社所租的房子退掉，將剩餘的設

備搬回家。把報社交給山姆，自己出發往田納西州，試圖賣掉家裡擁有的那塊野地，以籌措資金。

哥哥一走，山姆立刻旗鼓大張，如火如荼地展開挽救頹勢計畫。他看準人們都對別人的隱私和糗事有高度的興趣，因此每天到大街上繞繞，和鎮上最多嘴的人物聊天，四處收集流言，再添油加醋地寫成一篇篇新聞。這一招果然馬上得到熱烈的回響。除了上報的當事人外，每個人都看得津津有味，訂戶大增。當時的訂戶大多以食物支付報費，頓時家裡到處充塞著發芽的馬鈴薯、長蟲的大頭菜，和過期的鹹肉。

後來山姆又覺得報紙該增加一些文藝氣息，就用筆名寫了一些情詩。因為怕我們調侃他，堅持說那些詩不是他寫的。接著又增人物特寫專欄，第一位特寫對象，就是鎮上另一家報社的編輯。

這位先生最近剛失戀，山姆逕自幫他想好之後的情節，安排他跳河自殺。山姆以生動細膩的筆觸，好像真

有其事地，娓娓敘述這位無端受殃的仁兄如何決定下水，中途改變心意，最後又折返岸邊的心路歷程。上報的隔日，當事人氣沖沖拿槍上門，愕然發現這些編造的故事，原來只出自眼

前這個一臉天真、不解世事的少年！可憐的人兒黯然轉身離去，從此不再回到鎮上。

　　哥哥回家後，看到這種情景，憤怒地叫山姆馬上回去做印刷工作，他則一一向當事人道歉。山姆也非常生氣，難道哥哥沒看出是他山姆救了報社嗎？哥哥不但不感激，居然還向他發脾氣！山姆一點也不知道，是哥哥救了他免於牢獄之災。

　　從以上的事件，你一定覺得山姆真是一個任性、唯恐天下不亂、不顧別人感受的壞孩子。老實說，這話既對也不對。山姆是個非常矛盾的人。他看似粗心大意，但卻又善於察顏觀色，總能精確地掌握媽媽心情好的時刻，提出要求。他狂野放縱，從不考慮行動後果，十足是個令人頭痛的野孩子。可是家裡遇到困難時，他卻能馬上擔起分勞的責任，長時間工作。即使沒酬勞可拿，沒時間可玩，也不推諉遁逃。他每天吊兒郎當，凡事不在乎，可是自從對閱讀產生興趣後，常常一看起書來，徹夜不眠，天都破曉了還渾然不覺。那付專注認真的模樣，與平日的山姆判若兩人。我想，

可能就是這種矛盾複雜的個性，造成他豐富而變化多端的傳奇人生吧！

　　哥哥收回報社的主持大權，山姆繼續負責印刷工作。表面看起來又恢復以往的平靜，日子一切如常。但山姆已和以前不一樣了。因為哥哥這次的外出，使山姆有機會執筆寫作，並登之於報。那種將自己的思緒寫下，印成鉛字，讓大家共讀的感覺，實在太美妙了。初嘗了寫作的樂趣，山姆興奮地開始利用工餘時間，以漢尼伯鎮的生活為題材，寫成一篇又一篇的幽默軼聞，投至費城、紐約、波士頓的報社。雖然從未收過稿費，但只要文章被採用，山姆便心滿意足。

　　十八歲時，年輕奔放的山姆再也耐不住一成不變的小鎮生活，一心只想到外面的世界去闖蕩一番。背起行囊，帶著媽媽的聖經，和不准賭博、不准喝烈酒的叮嚀，告別了依依不捨的我們，向姊姊和姊夫居住的聖路易士出發。

　　在聖路易士工作了幾個月，山姆便轉往美國的第一大國際都市 —— 紐約。他在紐約一家報社找到了印刷工作。每天步行數哩去上工，下工後就

去圖書館看書。若有餘錢，則去劇院看戲。在紐約，算是真正見識到了外面的世界。單單街景，就讓山姆這位從密蘇里州來的鄉巴佬瞠目結舌、大開眼界。腳下走的是鋪著鵝卵石的道路；街上來往的馬車華麗氣派，前有身穿制服的馬夫，後有神氣的僕侍，內坐戴高帽的紳士或穿皮大衣的貴婦人；樓房都有五、六層高；尤其令人吃驚的是人口，山姆從來沒想過世上會有這麼多人。

見識過國際大都會後，繼續往文化古都——費城。山姆依然從事印刷工作。工餘不是讀書，就是尋訪文化遺蹟，花時間瞭解這古老的城市。在費城時，他曾捎來一信，說他去富蘭克林的墓園憑弔，覺得自己和富蘭克林很像，都曾在哥哥的印刷廠做工，都一樣來到費城碰運氣，開創前途。

他和富蘭克林不像的地方是——他的運氣和前途似乎並不在費城。因為沒有朋友，生活常覺孤單；所寫的幽默小詩，從未被採用；飲食也不合胃口。東北部人民喜歡清淡的冷食；山姆想念南方的食物：炸得酥脆的雞塊、香噴噴剛出爐的玉米麵包，和熱騰騰的牛肉蔬菜湯。

如此過了一年，山姆終於恍然大悟，原來自己得了思鄉病，便整理行囊，打道回府。

哥哥歐尼恩自從報社倒閉後，便到愛荷華州當印刷工。後來開了一間小型印刷廠，把媽媽和弟弟亨利都接去。所以山姆這次回的家，是歐尼恩在愛荷華的家。既已回家，歐尼恩便要求山姆和以前一樣，

哈雷彗星來了

在他的印刷廠和亨利一起工作。山姆倦遊歸來，正想和家人在一起，便欣然答應。

只是哥哥的印刷廠又經營不善，時常積欠工資。即使如此，山姆還是覺得此時比在費城時快樂得多。現在除了和家人在一起外，還有一群年輕朋友同在一個辦公樓工作，大家時常聚在一起，彈吉他、唱歌、吹牛、聊天。到了晚上，待大家都上床睡覺，山姆就點起油燈，看書直到天明。這種利用晚上夜闌人靜時，挑燈夜讀的習慣，從此成了他一生的生活型態。

45

在愛荷華待了兩年，深覺在哥哥的印刷廠工作，沒什麼前途，山姆又想出去闖蕩。剛好這時讀到一本描述南美亞馬遜河探險的書，赫登中尉到南美時滿腦子老虎、鱷魚、沼澤、叢林，和賣古柯鹼一夜致富的傳奇故事。書還沒看完，山姆已坐立難安，探險的血液在體內快速奔流，恨不得馬上插翅飛到南美。可是既沒翅膀，口袋也空空，怎麼去呢？

山姆飽受了現實與夢想衝突的煎熬，痛苦極了。一日正垂頭喪氣地走在街上，忽然一張紙片吹來，抵著褲管不去。山姆拾起一看，天啊！五十元！山姆趕快小心翼翼地放進口袋。回家後，拿出再三撫觸珍視，所有想像的亞馬遜河奇景，全湧上腦海。可是此時心裡又有個小小的聲音，不斷地提醒他，這是別人的錢。遺失錢的人，一定正焦急地四處尋找！一夜輾轉難眠，晨曦初露時，山姆的良心戰勝欲望，到報社登了一則招領啟事。接下來的幾天，山姆食不知味，整天提心吊膽，就怕失主上門。過了四天後，仍無人前來認領。山姆相信這一定是上帝賜錢助他完成心願，便一刻也耐不住，馬上行動。

五十元其實並不夠支付到南美的旅費，但山姆一向是先做再說的衝動派，無法忍受存夠錢再走的遲延。當下就買了船票，先到辛辛那提，打算到那裡後，再打工賺足不夠的盤纏。山姆坐上汽船「保羅・瓊斯號」，滿心飽漲，情緒高昂，眼看著到南美的探險發財夢就快要實現了！

4. 快樂行船人

坐在「保羅‧瓊斯號」上，所有舊日的憧憬和夢想都一一湧上心頭。終於坐上汽船了！終於能日日與密西西比河共度晨昏，在河的脈流上呼吸作息，與河一起向未來前進，似乎自己的生命已與河的生命結為一體。

「馬——克——吐——溫！」「馬——克——吐——溫！」領航員忽然頻頻叫起，指示船已到了兩噚深的基本安全水位。這一疊聲地呼告，陡然觸動了山姆年少以來的心願——何不學開汽船呢？一想到此，馬上就往駕駛室走去，請求駕駛員畢士比先生收他為徒弟，似乎忘了自己坐上這船，是為了要到亞馬遜河探險和取古柯鹼。畢士比先生堅決不肯：「教人開船太麻煩了，不值得為了收那些學費，讓自己受苦。」山姆再三請求，告訴畢士比先生自己來自河畔的漢尼伯鎮，熟悉

河性，自小渴望成為汽船駕駛員。他並提到好友比爾和他的兄弟，他們現在都已是汽船駕駛員，與畢士比先生熟識。

經過了三天的遊說，畢士比先生看出山姆執著的心志，和那股對密西西比河的熾愛，終於以五百元為學費的條件，答應收山姆為徒。山姆則和他打商量，先向姊夫借一百元支付學費，其餘等當了駕駛員，再以所賺的錢償還。畢士比先生同意。

山姆開始學習所有駕駛員必須具備的知識和技能：辨認方位；控制方向盤；降低船頭橫渡河流；辨識河中上百個小島；熟記每個沙洲、淺灘、暗礁、陸標；結索；插船樁；靠岸；栓船。畢士比先生教學嚴格，山姆若做得不對時，馬上怒聲喝斥，然後才把情緒緩和下來，溫和地要山姆在筆記本上記下每一個細節。山姆天資聰穎，又認真學習，十分進入狀況。船抵辛辛那堤時，山姆早把南美忘得一乾二淨了。

山姆是個天生的行船人。他總是定不下來，船上生活正適合他。他熱愛廣闊如海洋的密西西比河，喜歡汽

船啟航時的噪音、行船的忙碌、人來人往的熱鬧，以及沿途變化無窮的氣候和風光。汽船不斷前進，即使暫時靠岸，也是為了下一次的出航。整個行程，很難說哪裡是出發點，哪裡是終點站。這一點，倒頗似山姆一生的寫照。

向畢士比先生學習開船一段日子之後，山姆轉至「費城號」工作。這時山姆也幫弟弟亨利在「費城號」上找了個職位。小時候，兩人總是吵吵鬧鬧，十足死對頭。長大後，倒是相親相愛，彼此扶持。此時兩人名副其實地「同舟共濟」──山姆教導亨利船上的事務，幫助他適應新生活；亨利則協助一向粗枝大葉的山姆，打理一些瑣事。山姆很高興亨利同在「費城號」上，兩人又像以前在印刷廠時山姆一樣分工合作。不料，這卻是個令山姆終生悔恨、無法補救的錯誤決定。

駕駛員布朗一向個性兇暴、脾氣急躁。一日，亨利做錯了一件小事，布朗不由分說便重打亨利的耳光，山姆在旁一看，護弟心切，馬上舉起椅子反擊。這下子，山姆馬上被禁航，必須到岸上等船回航經過時，才能上

船。在岸上望著逐漸遠去的汽船，山姆不禁為亨利的安全擔憂。

亨利的安全的確堪虞，但並非因為布朗報復。接下來的行程途中，汽船突然四個蒸汽鍋意外爆炸，船隻燒毀，一百五十多人傷亡。當山姆聞訊

趕到醫院時，亨利已經傷重難治，六
天後去世。山姆哀慟萬分地把亨利運
回家鄉，葬在爸爸的墳旁。對亨利的
死，山姆終其一生自責不已，認為若
不是自己把亨利安排上「費城號」，
亨利也不至於英年早逝。

不久，山姆便拿到駕駛員執照，正式開船。開汽船是個有錢有權、又受人尊重的行業。駕駛員在船上不愁吃住，每月領薪二百五十元，與副總統的月薪一樣。當了駕駛員之後，山姆可寄錢回家；可安排媽媽搭汽船旅行；可資助生意失敗的哥哥；可吃一客十元的晚餐。而且只要船一出航，駕駛員就權威十足，連船長都不能指揮他。若是風強雨大或霧濃，只要駕駛員覺得氣候不適宜航行，可不必徵求任何人的同意，逕自將船靠岸，要停多久就停多久，無一人可置喙。因為手操生死大權，因此無論是船長、船上工作人員、或乘客，都對駕駛員必恭必敬。

　　這樣的境遇，難怪鎮上有些人，當初看不起山姆時說：「這孩子永遠也賺不到一袋豆！」現在卻改口說：「我早就知道他有辦法！」

　　山姆也很滿意自己的工作，以為將會從此開船一輩子。不料南北戰爭突然爆發，結束了山姆的行船生涯。

哈雷彗星來了

5.廣闊新世界

　　一八六一年，美國因為黑奴解放問題，爆發了南北戰爭。平靜的密西西比河頓時波濤洶湧。河上的行船人因政治意見不同，各領支派，各據一方。山姆來自密蘇里州，這州的地理位置說南不南，說北不北，山姆一時很難決定自己該忠於哪一派。加上兩岸不時炮轟，行船不再安全，山姆也不想被徵召為戰船駕駛員，於是辭去工作，決定回來漢尼伯鎮看看我們。

　　久別重逢，大家都驚喜萬分，有說不完的話，吹不完的牛。時常大夥兒在酒店裡把酒言歡，從童年往事、別後幾年的景況，聊到未來的計畫。當然，因近來國內的政治情勢變化，大家不免各抒己懷。山姆忽南忽北、舉棋不定。我們這群死黨可都是南方政府的「死忠派」。山姆不知是受了我們言論的影響，還是為了表示對死

黨的忠心，不久他也宣稱他是「南方派」，而且一不做二不休，乾脆加入動本地組成的一支十四人軍隊，以行動表示對南方政府的效忠。

　　這支十四人軍隊預備出發尋找正式體制的南方軍，好加入陣容。行軍所需的裝備用品，由本地支持南方政府的農民提供。山姆拿到的行軍裝備真是齊全，計小黃騾一隻、老舊來福槍一把、毛毯數條、煎鍋一個、小手提箱一只、手縫百衲被一條、牛皮靴一雙、繩子一綑、雨傘一隻，非常完備。只是那隻小黃騾實在太弱、太小了，山姆一騎上去，再吊掛上那麼多裝備，那模樣真是滑稽極了。

　　軍隊出發不久，麻煩就來了。一群人一起行動，總要分配職責階級，才能各司其職，合作無間。問題是每一個人都想當發號施令的軍官，誰也不想當士兵，受人使喚。於是爭執迭起，還沒看到敵人，便已戰雲密布。即使當上軍官，也不見得有人服從。山姆被選為少尉後，指派好友比爾的弟弟波恩為哨兵，波恩拒絕，毫不理會山姆的威脅，轉身就走到樹下，呼呼大睡。

這支軍隊不只缺乏軍律，而且沒有人知道什麼是軍事訓練，一群人亂糟糟，不像行軍，倒像露營。出發兩週後，一聽到北方軍正搜尋他們，便拼命逃回漢尼伯鎮。對於這次的「撤退」，山姆的評論是：「非常明智的決定。」

自行「退伍」後，山姆便一直行止不定，行蹤難以追尋，總要久久寄來一信，才知道他人在何方。先是和哥哥去內華達州挖銀礦；續往加州淘金；接著到夏威夷火山探險；到舊金山一家報社擔任記者。此時他以「馬克‧吐溫」為筆名，寫了許多幽默文章，大受歡迎，成了國內知名幽默作家。接著到紐約出書；到歐洲旅行所寫的遊記，人人爭讀。回國後，又到大學授課；接受知名學府頒發榮譽博士學位；到歐洲和亞洲作演說，巡迴旅行遍。名聞遐邇。

山姆是越行越遠了。他的路越來越寬廣，天空越來越遼闊。他的世界早就遠離

漢尼伯鎮。他的生活對我們來說，陌生而無法瞭解。但我知道，無論外在的環境如何變化，他還是那個山姆，他的心仍在這裡。這可以從他的成名書《頑童流浪記》和《湯姆歷險記》中，一一得到明證。他自己也承認，書中的湯姆就是他自己，哈克是我，波莉姨媽是母親，卡地夫山就是哈利德山，書中的故事全是我們童年和少年時共有的經歷。

許多人看了書後，來到漢尼伯鎮尋訪書中的地點和人物。看到這些和山姆有關的遊客，我常有山姆仍在鎮上的錯覺。

從漢尼伯鎮的野孩子，到印刷工人、開汽船、從軍、挖礦、當記者、教書、寫作，多彩多姿的人生經歷，正提供了他豐富的寫作素材。今日人們都叫他馬克·吐溫，視他為傳奇人物。我卻確知，他從沒變過，他還是那個山姆。他的一生就是一連串的探險。那個我們熟知的、不安於室的、冒險犯難的少年山姆仍在他裡面。

他，永遠是與我一起度過快樂童年的山姆。

馬克·吐溫
Mark Twain

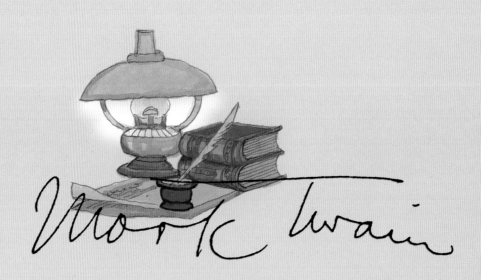

馬克·吐溫 小檔案

1835年 11月30日，出生於佛羅里達鎮。

1839年 舉家遷至漢伯尼鎮。

1847年 父親去世，開始作印刷工。

1851年 所寫的文章首次被發行全國的《週六晚報》採用。

1857年 開始接受汽船駕駛員的訓練。

1858年 弟弟亨利去世。

1861年 南北戰爭爆發，加入南軍，旋即退伍，前往內華達州挖銀礦。

1863年 首次使用筆名「馬克·吐溫」。

1865年 出版《傑姆和他的跳蛙》，獲得全國文壇的矚目。

1869年 出版《天真旅客遊記》。

1870年 與奧莉薇亞·藍登在紐約水牛城結婚。

1872年 出版《苦行記》。

1874年 搬到康乃迪克州一座有十九個房間的巨宅。

1876年 出版《湯姆歷險記》，馬上造成轟動。

1881年 出版《王子和貧民》，是他的第一部歷史小說。

1883年 出版《在密西西比河上》。

1884年 出版《頑童流浪記》。

1889年 出版《亞瑟王朝的揚基佬》。

1896年 出版《聖女貞德回憶錄》。

1901年 獲頒耶魯大學榮譽博士學位。

1902年 獲頒密蘇里大學榮譽博士學位。

1904年 妻子奧莉薇亞去世。

1910年 去世。

寫書的人

王明心

　　靜宜文理學院外文系英國文學組畢業，美國俄亥俄州立大學幼兒教育碩士。曾任美國公立小學及州立大學兒童發展中心教師、北卡書友會會長。譯有《怎麼聽？如何說？》，被選為全國十大好書之一，獲阿勃勒獎。

　　喜歡和孩子一起看書，左擁右抱，覺得世界盡在懷裡；喜歡和孩子一起唱歌，咸認浴室是最好的舞臺；喜歡和孩子一起爬山，在山徑中奔跑，覺得日子真是美好；喜歡和孩子一起過每一天，覺得又重回快樂童年。

畫畫的人

于紹文

　　出生於海濱城市煙臺的于紹文，是泡著海水長大的。雖然他離開大海已有四十個年頭了，但直到現在，那永不止息的濤聲仍常在他的耳邊迴響。

　　除了海以外，他對連環畫也一直情有獨鍾，從發表第一套連環畫開始，他就不斷地創作、發表，至今已發表了兩萬多幅作品，當然創作的更多，而且他還得過兩次全國連環畫的評獎，這可是他辛勞大半生的最大安慰呢！

兒童文學叢書

文學家系列

俄羅斯的大橡樹——小說天才 屠格涅夫

　　在長達四十年的寫作生涯中，屠格涅夫留下了許多優美如詩的作品，他筆下的俄羅斯是那麼美麗，就像藍天和微風一樣，帶給人們光明和純淨。

　　但是屠格涅夫一生卻受了很多苦，得不到溫暖的親情和夢寐以求的愛情，幸好有溫暖的友情，讓他從未對人性失去信心。他就像一棵大橡樹，牢牢地站在俄羅斯大地上，永遠屹立不搖。

Ivan Turgenev

伍史利的大日記

——哈洛森林的妙生活（Ⅰ）（Ⅱ）

Linda Hayward著

榮獲行政院新聞局第十五次推介中小學生優良課外讀物

來！和哈洛森林中的小松鼠、小浣熊們一起狂歡，
慶祝季節的交替和節日吧！
365篇，天天都聽新故事！

我愛阿瑟系列

Amanda Graham著・Donna Gynell繪

榮獲行政院新聞局第十六次推介中小學生優良課外讀物
榮獲1985年英國Children's Group大獎，
書中的阿瑟聰明又逗趣，深受小朋友的喜愛！

一連三集・酷狗阿瑟搏命演出，要你笑得滿地找牙！

◆阿瑟找新家　◆阿瑟做家事　◆永遠的阿瑟

幽默諧趣
繪圖風格大膽新奇

農場裡的小故事

插圖精美
精心編譯

Moira Butterfield著・Rachael O'Neill繪

榮獲行政院新聞局第十六次推介中小學生優良課外讀物

在這個農場裡，住著怕黑的羊咩咩、不肯睡覺的豬小弟、
愛搗蛋的斑斑貓、咯咯亂叫的小母雞，
農場主人真是煩惱啊！他到底要怎麼解決這些寶貝蛋的問題呢？

・別害怕！羊咩咩！　・別吵了！小母雞！
・別貪心！斑斑貓！　・快快睡！豬小弟！